2024 부산아동문학인협회 우수동시선집

수박귀신

2024 부산아동문학인협회 우수동시선집

수박귀신

2024년 11월 20일 1판 1쇄 인쇄 / 2024년 11월 30일 1판 1쇄 발행

지은이 박선미 외 / 엮은이 부산아동문학인협회 / 펴낸이 임은주
펴낸곳 청개구리 / 출판등록 2003년 10월 1일 제2023-000033호
주소 (12284) 경기도 남양주시 다산지금로 202 (현대 테라타워 DIMC) B동 3층 17호
전화 031) 560-9810 / 팩스 031) 560-9811
전자우편 treefrog2003@hanmail.net
네이버블로그 청개구리출판사
인스타그램 treefrog_books

부산아동문학인협회 회장 박선미
편집위원 임순옥, 김나월, 박미경, 강기화, 황선애, 정영혜, 랄라, 임은자

북디자인 서강 / 일러스트 김동영
출력 우일프린테크 / 인쇄 하정문화사 / 제책 정성문화사

ISBN 979-11-6252-139-7 (73810)

●KC마크는 공통안전기준에 적합하였음을 의미합니다.
●이 책은 친환경 재생용지를 사용해 제작하였습니다.

부산광역시 BUSAN METROPOLITAN CITY 부산문화재단 BUSAN CULTURAL FOUNDATION

이 도서는 2024년 부산광역시, 부산문화재단 〈부산문화예술지원사업〉으로 지원을 받았습니다.

2024 부산아동문학인협회 우수동시선집

수박 귀신

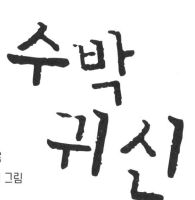

부산아동문학인협회 엮음
박선미 외 지음 • 김동영 그림

청개구리

'우리'라는 이름으로

김나월

부산아동문학인협회 부회장

부산아동문학인협회 회원들은 본 협회를 칭할 때 우리 협회라고 부릅니다.

우리라는 글자의 '리'에 액센트를 두면 말하는 이가 자기와 듣는 이를 포함한 여러 사람을 가리키는 말이 됩니다. 내 것이 아닌 모두의 것, 나도 포함된 무리, 우리.

그런데 우리의 '우'에 액센트를 두면 울타리라는 뜻을 가진 말이 되지요. 울타리는 안과 밖을 경계 짓는 테두리입니다. 여기서 우리라고 하면 울타리 안에 있는 내가 포함된 어떤 집단 단체라는 뜻인데, 그리고 보면 부산아동문학인협회는 참으로 단단하고 따뜻한 부산의 아동문학가들의 울타리, 우리 협회인 것 같습니다.

이번 여름, 우리는 에어컨 열기가 대지를 더욱 뜨겁게 한다는 걸 알면서도 찬바람을 쏘아주는 에어컨을 사랑할 수밖에 없는 폭염의 시간을 견디었습니다. 에어컨을 켜면서도 일회용품을 안 쓰려고 나름의 노력들을 했을 것입니다. 지구가 보내는 신음소리가 고통스럽게 들렸으니까요. 지난한 여름을 힘들게 밀어내고 그렇게 기다리던 가을은 폭우와 함께 성큼 다가왔습니다. 발간사를 쓰는 이 즈음, 맑고 푸른 가을 하늘을 보며 새삼 감사하는 일상을 보내고 있습니다.

올해도 우리 부산아동문학인협회 이름으로 꽤 많은 결실들을 맺었습니다.

어린이날에 열리는 〈부산아동문학 페스티벌〉이 예년과 같이 다양한 프로그램으로 어린이들과 만나서 동시·동화의 한마당을 펼쳤습니다.

협회와 교육청이 연계하여 진행하는 프로그램인 '작가와 함께하는 행복한 글쓰기'와 '학교로 찾아가는 사람책 도서관', '지역 연계 책 쓰기 동아리'를 통해 많은 어린이들을 만났고, 부산시에서 주관하는 〈2024 가을독서문화축제〉에 우리 작가들 책이 전시되어 독자들에게 다가갔습니다. 작년에 처음 시행되었던 '소외계층 어린이를 찾아가는 동시·동화 이야기'도 성공적으로 잘 치러졌습니다.

또한 회원들의 작품집 출간 소식과 수상 소식이 연일 단톡방을 뜨겁게 달

구었고, 전국에서 많은 독자들을 만나는 회원들의 책 소식을 들으며 우리는 함께 기뻐했습니다.

변함없이 우리 협회는 연간집을 발간합니다. 작년에 이어 동시와 동화를 나누어 두 권으로 내며 동시 68편, 동화 41편을 수록하였습니다.

이번에는 특집을 조금 새롭게 선보입니다. 두 분 선생님께서 회원들의 작품을 미리 읽고 평론을 썼습니다. 박일 선생님의 동시 평론 「동심의 정신, 동시의 표현」이 동시집에 실리고, 김문홍 선생님의 동화 평론 「동화의 정원에 핀 꽃들의 갖가지 향기」가 동화집에 실렸습니다. 작품과 함께 평론을 읽는 즐거움도 즐길 수 있을 것입니다.

부산아동문학인협회는 '우리'라는 이름으로 계속 발전하고 결속될 거라 믿습니다. 그러기 위해 열심히 뛰고 있는 집행부 여러분의 수고에 감사드립니다. 연간집에 그림으로 수고를 아끼지 않은 김동영, 이영아 회원님도 말할 수 없이 고맙습니다. 청개구리 출판사의 노고가 더해진 연간집이 선물처럼 모두에게 다가가기를 바랍니다.

 한강 작가의 노벨문학상 수상이 가슴 벅차게 다가왔습니다.
 아동문학 분야에서도 언젠가 노벨문학상 수상 작가가 탄생하기를 즐겁게 소망해 봅니다.

차례

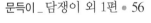

| 작품 감상 |

2024 부산아동문학인협회 우수동시선집

수박귀신

●강경숙

똥 아닌 것이 되는 똥 외 1편

똥을 퍼부어 머리를 만든 게냐!
할머니 욕은 웃음 터져요 귀한 밥
먹고 똥 같은 생각이나 한다는 거죠
그런데요 할머니, 똥으로 만든 나라가
있대요 어휴 진짜라니까요 태평양에 있는
섬나라 나우루는 새가 눈 똥이 산호초에
쌓이고 쌓이고 또 쌓여 된 나라래요
그뿐일까요? 시간이 흐르고 흘러 새똥이
인광석으로 변했다는데요 그게 전 세계가
탐내는 귀한 자원이라니 할 말 다 했죠
처음엔 똥이었지만 똥 아닌 것이 된 거죠
나우루는 모두가 부러워하는 부자 나라가 됐어요
그러니까 지금은 시시해도 나중에 뭐가 될지
아무도 몰라요 할머니도 그러셨잖아요
어느 구름에 비 든 줄 모르는 거라고

름 름 름

참비름 참비름 밭고랑에 참비름
쇠비름 아니고 개비름도 아냐
참 참 진짜 진짜 비름 참비름
심은 적도 키운 적도 없는 참비름
한여름 땡볕을 따끔따끔 받으며
따복따복 한 아름이나 꺾은 할머니
끓는 물에 푹 뭉크러지게 삶아서
참기름 요맨치 깨소금 조맨치
매미울음과 뭉게구름도 들어간
조물조물 참비름 할머니 나물 반찬

강경숙
2012년《국제신문》,《경상일보》신춘문예 동화 당선
제10회 웅진주니어 문학상 장편 대상 수상
『걸어서 할머니 집』 구미시 책 선정
작품집 『고라니 물도시락』, 『걸어서 할머니 집』, 『농부와 고양이』, 『밥무
라비법』 외

원시인 외 1편

먼 옛날
우리 조상은
비바람 속에서
불씨를 지킬 때나
매머드와 용감하게 싸울 때
열매를 나눌 때나
죽음 앞에서도
함께 모여 춤추며
노래했단다

원래
시인이었단다

우주 개구리 우물 탈출기

우물 안 개구리 한 마리
바깥세상이 궁금해
개굴개굴 책을 읽었네

우물 안 개구리 한 마리
나는 누굴까 궁금해
굴개굴개 책을 읽었네

우물 안 개구리 한 마리
개꾸르륵 배가 고파
책을 몽땅 먹어치웠네

텅 빈 우물 안으로
별이 떨어지고
우물 안 개구리 한 마리

갸우뚱 바라보다
별을 껴안고
풀쩍 날아올랐네

16

강기화
2010년 창주문학상 등단
2022년 부산아동문학상 수상
동시집 『놀기 좋은 날』, 『멋진 하나』, 동화시 『동그라미별』

● 강현호

비 오는 날 외 1편

빗방울이
맨발로 내려와
학교 운동장을 돌아다닌다.

장난꾸러기처럼
흙탕물 속에서도
철벙거리며 잘도 다닌다.

온종일 다녀도
잘 닦인 유리알같이
빗방울의 발바닥은 말끔하다.

18

모과

"엄마,
우린 왜 이렇게 못생겼지?"

가지 끝에 달린
아기 모과들이
파아란 얼굴을 찡그립니다.

"남이 뭐래도
내 눈엔 제일이야."

엄마 모과가
노오란 얼굴로
아기들을 다독거립니다.

강현호
1979년 월간 《아동문예》 천료. 1982년 《조선일보》 신춘문예 당선
현대아동문학상, 부산문학상본상, 방정환문학상, 세종문화상 등 수상
동시집 『닮았어요』, 『바람의 보물찾기』, 『강현호동시선집』 외
(현) 부산아동문학인협회, 부산 북구문인협회 고문

●공재동

나무 외 1편

나무가 자라면
숲이 되고

나무는 잘려서
집이 되네.

숲에는 새들이
노래를 하고

집에는 사람들이
꿈을 꾸네.

모래시계

누가 나를
거꾸로 한 번
뒤집어주세요.

손가락 사이로
빠져나가는

모래알 같은
짧은 순간이지만

나는 당신을 위한
소중한 시간이
되겠습니다.

공재동
1977년 《아동문학평론》 동시 천료. 《중앙일보》 신춘문예 시조 당선
세종아동문학상, 이주홍아동문학상, 최계락문학상, 방정환문학상 수상
동시집 『초록풀물』 외 9권, 시조집 『휘파람』 외 1권, 시평집 『동심의 시를
찾아서』 외 1권, 에세이집 『어른이 읽으면 아이들이 자란다』

구옥순

초승달 외 1편

하느님의
낚싯바늘인가 보다

해 질 녘
붉게 물든 서쪽 하늘
쳐다보는
내 마음

훅
채가는

꽃은 다 어디 갔을까

무화과는
꽃 없는 열매라는데
손으로 툭 잘라보면
열매 속은
온통 꽃밭이다

꽃이란 꽃은 몽땅
열매에게 다 줘버린
무화과나무

울 엄마
쏙 닮았다

구옥순
1981년 부산 MBC 신인문예상 등단
부산아동문학상, 최계락문학상 등 수상
동시집『야, 시큼털털한 김치!』,『하느님의 빨랫줄』,『말의 온도』외 다수
부산에서 초등교장으로 정년 퇴임

● 김성애

귀촌 외 1편

별아
뿌연 하늘 한 귀퉁이
외로이 뜬 별아

너의 형제 친구들은
다 어디 가고
너 혼자 비추고 있니

눈부신 불빛,
시끄러운 소리 등을 피해
맑은 공기 속에서
고운 노래 부르는 새들과
예쁜 꽃이 웃고 있는
촌으로 가버렸니

별아
우리도 갈까
사촌 누나랑 형아가 있는
그곳으로

가을 속에서

저토록 말끔히
하늘을
쓸어 놓고
우리를 불렀었군요

잎새들을 색색이 물들여
장식한 산을
병풍처럼 둘러놓고
우리를 기다렸군요

코스모스를 흔들며
맞이하는
그 마음
알 것 같아요

맑은
가을 향기 속에서
그보다 더
맑고 향기롭게 자라라는

김성애
2006년《문예사조》시 부문 신인상 등단
2009년 부산아동문학신인상 수상

● 김송필

할머니와 포경선 외 1편

뱃고동 소리가 울린다
"너거 아버지 오나 보다"
할머니는 수건을 목에 두르고 내 손을 잡고 뛴다

할머니의 손에 이끌린 난 자꾸 넘어지고
넘어지려하면 바로 세워 또 뛴다
-저 뱃고동 소리는 분명 고래를 잡은기라

언덕에 오르니 배가 보인다
할머니는 목수건을 빼 흔들었다
아빠의 뱃고동 소리가 더 길게 울렸다

고래 한 마리가
배꼬리에 끌려오고 있었다

할머니가
뱃고동소리만큼
크게 웃는다

프랑스 자수

색실들이 그림을 그린다

지붕을 칠하는
빨강 실

나무를 그리는
초록 실

노랑지빠귀가 운다
토끼가 달려온다

다소곳이 앉아
엄마 손가락이 그리는
노래를 듣는다

"바구니를 들고 가는 저 애는 누굴까?"
생각하다가

그림 속으로 들어가
그 꼬마가 되었다

김송필
2019년 문학도시 등단
부산색동어머니회 고문, 사랑채 노인복지관 강사, 프랑스 자수 강사

● 김승태

튤립 외 1편

아침해 뜨면
꽃잎을 조금 펼친
오목한 밥그릇

한낮 활짝 펼쳐
쏟아지는 햇살
가득가득 담는다.

소복한 햇살 밥
벌 나비에게
모두 나누어 주고

저녁해 지면
빈 그릇 오무려
꽃대에 엎어 놓는다.

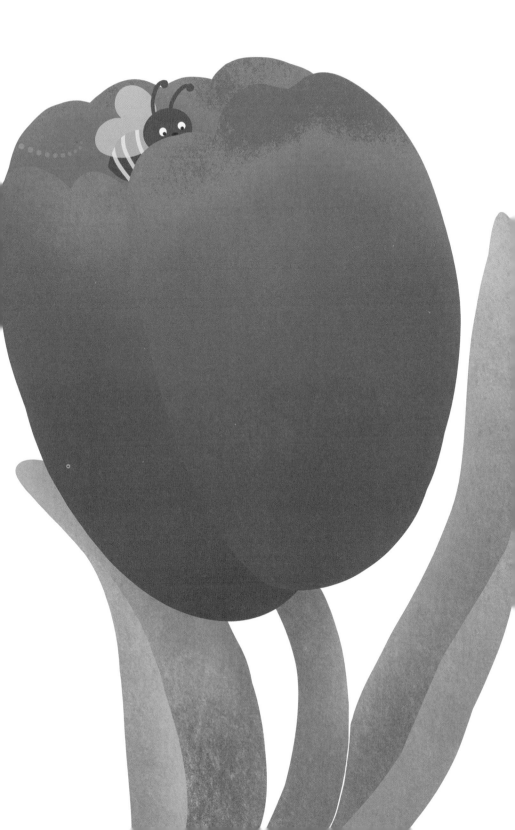

딱새

텃밭
경계 표시해 논
바지랑대 끝에
딱새가 앉아
주위를
두리번두리번

꽁지를
까딱까딱
위아래로 흔들더니
할머니가 심어 놓은
씨콩 하나
날름 낚아채고

다시
바지랑대 끝에 앉아
두리번두리번
할머니도
끄덕끄덕
멀리서 보고 웃으신다.

김승태
1998년 부산아동문학신인상 등단
부산아동문학상 수상
동시집 『그런 재미 모를거야』, 『숨은 그림 찾기』

● 김자미

별 외 1편

어쩜
반짝반짝
눈이 부실 지경이야.

세상에
이토록 사랑스런 별이
또 있을까?

아장아장
걸어 다니는 별
넌 어디서 왔니?

엄마별 아빠별에서 왔지.

개굴 폴짝

개구리가 된
올챙이

모든 게 신기해
개굴개굴

어디든 갈 수 있어
폴짝폴짝

신이 나서 자꾸만
개굴 폴짝 개굴 폴짝

꼭 걸음마 뗀
동생 같아

김자미
2007년 부산아동문학신인상 등단,《부산일보》신춘문예 당선
부산아동문학상, 최계락문학상 등 수상
동시집 『천하무적 삼남매』, 『여우들의 세계』, 『달복이는 힘이 세다』

● 김정순

잡초라고 부르지 않을게 1 외 1편

흙이 있으면 어디서든 씩씩하게 자라지
담 아래서 자라고 길거리에서 자라고
뽑아도 뽑아도 자꾸 솟아나는 풀
망초 꽃다지 토끼풀 명아주 강아지풀
모두 이름이 있네
잡초라 부르지 않을게
이름을 부를게

잡초라고 부르지 않을게 2

흙이 있으면 어디서든 잘 자라지
놀이터에서 자라고 신호등 옆에서 자라고
밟아도 밟아도 꿋꿋하게 자라는 풀
쑥 냉이 민들레 달맞이 돌나물 고들빼기
건강에는 약초가 되고 반찬에는 나물이 되고
할 일 많은 친구들이군
나만큼 바쁜 친구들이군

김정순
1996년《아동문예》문학상 등단
부산아동문학상, 한국안데르센상 수상
동시집 『숲속 마법의 나라』, 『혼자가 아니야』, 『색깔가게 와이파이』 외
현, 초등학교 교장

● 김종완

내가 웃는 이유 외 1편

텃밭에
옥수수를 키웠다.

옥수수가 열렸다.

엄마는 옥수수나무가
아기를 업고 있다고 했다.

그 아기는
수염이 나 있었다.

고맙다

마을버스가 왔다.

할머니 손을 잡고
버스에 오른다.

운전사 아저씨
조금 천천히 출발한다.

버스는
흔들리지 않는다.

과속방지턱이
저만치 앞인데도
미리 속도를 줄인다.

−덜커덩!

그런 일 없다.

44

김종완
1978년 《아동문예》, 《아동문학평론》 동시 천료
2018년 부산아동문학상 수상
동시집 『꽃이 필 시간』, 『해야, 놀다 가거라』, 『열두 살의 봄』
교육 수상록 『김종완의 교육 이야기』, 『김종완의 독서 담론』

● 김진숙

공부 증명서 외 1편

집에서
학교에서
학원에서
수없이 깎아 쓸 동안

연필이
내 손가락에
만들어 놓은 옹이

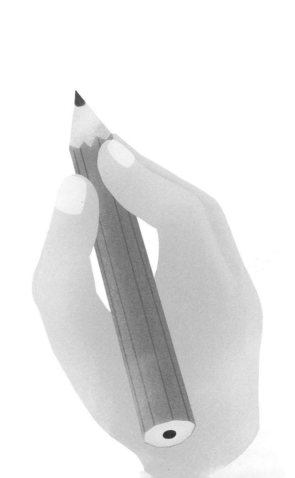

겁나

아주 짜증날 때
겁나 짜증난다
이러면 속이 후련하다

굉장히 짜증난다
이러면 기분이 안 풀린다

겁나가 없었으면
어쩔 뻔했나?

살다보면
사투리를 꼭 써야만
되는 때가 있다

김진숙
2012년 창주문학상 당선
동시집 『오늘만 져 준다』, 그림 동화책 『소문난 종이』, 창작동화 공저 『구
쁘다 이야기 열조각』
김진숙 독서 글쓰기 교실 운영

● 김춘남

신호등 나라 외 1편

삼형제가
사이좋게 살고 있습니다.

빨강이
초록이
노랑이

사촌들도 셋
왼쪽이, 오른쪽이, 유턴이

서로
힘을 합치면
다른 색깔이 나올 테지만

꼭, 자기 모습을 지킨답니다.

무지개꽃 피는 아침

이슬로 곱게 씻은
나팔꽃이
싱글벙글 피어나는
여름 아침

해님이
따스한 손으로
보살펴 주니

시나브로 밝아오는
우리 집 유리창

꿈 빛깔로 꽃피는
빨주노초파남보

무지개꽃 향기가
행복을 전해 줍니다

김춘남
2001년 《매일신문》 신춘문예 동시 당선, 2004년 《부산일보》 신춘문예 시 당선
부산아동문학상, 최계락문학상, 이주홍아동문학상 수상
동시집 『키 작은 기린과 거인 달팽이』 외 3권, 시집 『달의 알리바이』

난 바다도 사랑하는 아이야 외 1편

율아, 사랑해
율아, 응원해

모래에 쓴
엄마 마음

파도가 가져갔다

저 바다도
나를 사랑하려고

저 바다도
나를 응원하려고

머리 vs 대가리

새들과 닭들이 호숫가에 모여 회의를 했어
개, 소, 돼지, 말, 코끼리, 호랑이, 사자, 토끼, 다람쥐, 기린, 표범, 하마
너구리, 타조, 원숭이, 심지어 개미한테도 머리라고 하면서 우리한테는
왜 대가리라 하는 걸까?

똑똑하기로 소문난 참새가 말했어
—우리한테 날개가 있어서 그런 거 아닐까?

닭대가리가 그런 거 같다며 꼬꼬댁꼬꼬 소리 질렀어

그 때, 물고기 한 마리가 팔딱 뛰어오르면서 말했지
—나한테도 대가리라 그러는 걸

대가리들은 다시 고민에 빠졌어

참새가 또 말했지
—새들은 하늘을 날고, 닭들은 땅 위를 날아다니잖아. 물고기는 물속을
날아다녀서 그런 거 아닐까? 날아다니는 것들은 다 대가리인가 봐

나머지 대가리들이 감탄하며 박수쳤지

마침, 하늘 위엔 쇠대가리 하나가 시끄러운 소리를 내며 날아가고 있었
어

랄라
2022년 부산아동문학신인상 등단, 혜암아동문학상 수상
2023년, 2024년 아르코 문학창작기금 발표지원 선정
2023 오늘의 좋은 동시, 2024 우리나라 좋은 동시 선정

담쟁이 외 1편

죽죽 갈라진
할머니집 담벼락

담쟁이 넝쿨이
한발 한발
꿰매고 있다

발가락 쏘옥 나오는
구멍난 내 양말

할머니가 돋보기 쓰고
한땀 한땀
꿰매고 있다

담쟁이랑 할머니
한집에 사니까
느린 것도 닮고
하는 일도 닮았다

재채기의 말

공개수업하는 날
학교에 오는 엄마

발표할 거 준비해서
몇 번이나 연습했다

수업시간 등 뒤에서
엄마 목소리 들리는데

잘하고 싶은 마음이
콩닥콩닥

내 차례다
갑자기 재채기가 연발
또 연발

선생님께서 잠깐
쉬었다 오라 했다

복도에 나오니
재채기 멈췄다

긴장해서 떨린다고
사람들 쳐다보니 부끄럽다고
재채기가 발표했다

문득이
2023 한국아동문학 동시 부문 신인상 등단
문학치료 이론서 『통합문학치료 수퍼비전의 이론과 실제』(공저)
<마음샘 심리상담센터> 소장

● 박민애

불량 공부 외 1편

축구선수가 꿈인 나
공부한텐 미안하지만
관심 제로

그래도
공부는 해야 한다고
밀어붙이는 엄마

아는데요!
아는데요!

하지만
난 축구가 우선인 걸요

공부 좀 뒷전으로 밀려도
공부 약간 불량스러워도
이해해 주세요 엄마

분리

나도
가끔씩
분리된다

학부모 모임 다녀온 날
엄마의 얼굴에서
친구들 모임하고 온 날
엄마의 말투에서

박민애
2012년 부산아동문학신인상 동시 등단
동시집 『해라신 마라신』
독서지도사, NIE지도사

● 박선미

큰일 났다 외 1편

흔들리던 어금니가
호박엿 먹다 빠져 버렸다.

아빠가
이를 악물고
열심히 공부하라고 했는데

큰일 났다.

어금니가
내 결심을 배신하고
빠져 버렸다.

꼬막 선생님

벌교 사는 이모가
보낸 꼬막

꼬막무침 생각에
침부터 고이는데

엄마는
소금물에 담가서
신문지를 덮어 두었다.

참고 기다리다 보니
꼬막은
시커먼 펄을
토해내었다.

스스로

박선미
1999년 부산아동문학신인상, 창주문학상 수상 등단
《부산일보》신춘문예 동시 부문 당선
서덕출문학상, 이주홍문학상, 부산아동문학상, 한국아동문학상 등 수상
동시집 『햄버거의 마법』, 『먹구름도 환하게』, 『잃어버린 코』 외
부산 mbc 《어린이문예》편집주간

●박일

수박귀신 외 1편

귀신에게
홀리면

아빠가 안 보여
엄마가 안 보여.

―같이 드세요.
늘 하던 소리도 까먹는다.

엄마가 잘라준
수박

귀신
한 접시.

등산화의 반성

산 입구
카페 마당에
등산화 몇 짝

산 오를 때
거침없이 짓밟았던
풀꽃 몇 그루
품고 있어요.

주인처럼
모시고 살아요.

박일
1979년《아동문예》동시 등단, 제7회 계몽아동문학상 동시 당선
한국아동문학상, 이주홍문학상, 부산시문화상 등 수상
동시집『별이 필요해』외, 평론집『동심의 풍경』외
'아름다운동시교실' 운영

틈 외 1편

너무 고맙다
어쩌다 생긴 틈 하나

자리 잡지 못해 굴러다니다
용케도 자리 잡은
비좁고 위험한 집이지만

그렇게 포근한 집
어디에도 없어
한 걸음 떠나지 않고

오늘도 행복하게
웃고 있는
풀꽃 한 송이

절 나무

—참 신기하게 생겼네!
—어쩌다 저렇게 되었지?

생각과 동정심은 다르지만
못들은 척
지나가는 바람에게도
꾸벅꾸벅

자신을 내려놓고
겸손하게 허리 숙이는
푸른 소나무 앞

꾸벅
두 손을 모으는
아이 하나.

선용
1971년 《소년세계》로 등단
동시집 『바람의 손』 외 25권, 동요집 『토란잎
우산』 외 30권,
가곡집 『하얀 동백』 외 6권, 번역집 『파랑새』
외 86권

두근두근 칙칙폭폭 외 1편

부산 할머니 보고 싶어

수서역에서
부산역까지

두근두근
콩닥콩닥

손자 혼자
고속열차 타고 왔다

72

부산 할머니 서울 손자 보고 싶어

밤마다
밤마다

칙칙폭폭
칙칙폭폭

서울 가는 꿈 기차 자주 오른다

엄마야

부엌에서 일하는 할머니
뒤에서
와락 안았더니

"엄마야"

급할 때
놀랄 때
좋을 때
아플 때

할머니도
나이 많은 아기

오선자
1994년 《한글문학》 1995년 《아동문예》 동시 등단
부산아동문학인상. 부산문학대상. 최계락문학상 등
동시집 『따라온 바다』, 『신발의 수다』, 『그물에 걸린 햇살』 외 8권
청소년 진로 상담교사

● 오원량

지하철역에서 외 1편

내 앞에
빈자리 하나 있다.

주위 노약자를 찾는 사이
어떤 누나가 얼른 앉았다.

하마 같은 누나도
많이 허약한가 봐.

해님은 항상 그래

우리가 놀고 있으면
같이 곁에서 놀아주고

우리가 걸어가면
같이 걸어주고

우리가 안 보이면
끝까지 지켜보면서 찾지.

오원량
2021년《아동문예》동시 등단, 1989년《동양문학》시 당선
(사) 부산시인협회 작품상, 녹색문학상, 한국해양문학상
시집『사마리아의 여인』,『새들이 돌을 깬다』,『서로는 짝사랑』,『흔들리
는 연두』
동시집『하얀 징검돌』,『날마다 산타』

● 이둘자

동백나무 식탁 외 1편

아기 동박새
꽃밥 먹는다

반짝이는 잎사귀 식탁보 위에
차려진 밥상

놀다가
먹다가

먹다가
놀다가

까치밥

외갓집 담 옆에
서 있는 감나무

잎이 떨어지고
복주머니 하나 걸려 있다

할아버지 비상금
달랑달랑
새들이 얻어 간다

이둘자
2016년《문학도시》동시 등단
동시집 『민들레의 재능기부』, 『꽃밥』
부산문인협회, 부산아동문학인협회, 부산광역시 남구문인협회, 한국편지
가족(사) 회원, 문학의 정원 민들레화원 대표

● 이명희

움직이는 놀이터 외 1편

엄마랑
할아버지 집
가는 길

받침 없는 글자
찾기 놀이 시작

사하-마트-타이어-해바라기-치과
기사-다대포-수제비-자유
과자-이사-노래

빠르게 달리면
사라지는 글자

숨은 글자 찾다보니
벌써 다 왔네

빨간 벨 누르면
찾기 놀이
끝

금메달

새벽에
배 타고 나간 아빠

물고기랑 줄다리기
오늘도 이겼을까?

따뜻한 물 받아
기다리는 엄마

대야 속에 잠긴
퉁퉁 붓고 냄새나는

이명희
2024년 부산아동문학신인상 동시 등단

아빠 발
승리의 금메달

● 임은자

안녕 외 1편

이사 오던 날
친구들과 헤어지며
엄마 차 유리에 쓴 글자
안녕!

새로 사귄 친구랑
엄마 차 탔더니
창문에 남아 있는 두 글자
안녕?

밀림의 왕

밀림의 왕
방학을 제압했어

일기도 밀림
독서 기록장도 밀림
교육 방송도 밀림

미루다 보니
개학이 코앞

안 되겠다
ㄹㅁ을 버리자

밀림을 버리자

임은자
2021년 전국 동시 공모전 대상 동시 등단
동시집 『시력검사』, 수필집 『인생을 쓰는 시간』, 『밤호수에 꽃피었네』

● 전자윤

먼 곳 외 1편

먼나무*가 빈손일 때
모른척하던 새

먼나무가 한 아름 붉은 열매
세상에 내놓은 날
부지런히 찾아왔어요

새를 친구라 부를 수 있을까?

새를 볼 때마다
먼나무의 마음은
아주 먼 곳에 있었어요

★먼나무는 5~6월에 연한 자줏빛 꽃이 피고 가을에 붉은 열매가 열린다.

달걀

톡,
스스로 깨어나면
병아리 노랑

누가 깨워주겠지
가만히 기다리면

탁,
껍데기 깨어지고
마침표 노랑

전자윤
2018년 부산아동문학신인상 등단
2020년 샘터상, 한국안데르센상 수상
동시집 『까만 색종이도 필요해』, 동화책 『개똥이―서해 바닷물을 다 마시
고도 짜다고 안 한 아이』, 『다람쥐 귀똥 씨와 한 밤 두 밤 세 밤』 외

정갑숙

선물 외 1편

하늘이
어둠을 내려
세상을 안아 주자

산이 나무를 안아 주고
나무가 새를 안아 준다

하늘이
아침 해를 보내
세상을 깨워 주자

해가 풀꽃을 깨워 주고
풀꽃이 풀벌레를 깨워 준다.

돌담 이웃

뒷집 할아버지 능소화가
앞집 할머니 집 호박밭으로 마실 온다

—우리, 이웃끼리 인사하고 살아요.
능소화가 환하게 웃으며 먼저 인사한다

—호호, 그래요, 반가와요!
호박꽃도 흠뻑 웃으며 인사한다

어느새 둘은 이웃이 된다
여름 마을 정다운 이웃.

정갑숙
1998년 《아동문예》 신인상 등단, 1999년 《동아일보》 신춘문예 당선
오늘의 동시문학상, 우리나라 좋은동시문학상, 최계락문학상 등 수상.
동시집 『나무와 새』, 『하늘 다락방』, 『말하는 돌』, 『한솥밥』 외

● 정미혜

지구와 달 외 1편

유치원부터 지금까지 절친인
준이와 나

멀리 달아날 것 같다가
제자리로 돌아오고
잘 지내다가 멀리 사라지는
행성 같은 친구

지구와 달처럼 서로 끌어당기는
우정의 힘을 느끼지.

약간 기울어 있지만
항상 그 자리에서 바라보는
너와 나

한 알

굴러간 콩 한 알
먹다가 흘린 블루베리 한 알
이사 갈 때 찾은 단추 한 알

오랫동안 혼자 지낸
한 알에 시간이 멈추어 있다.

내가 떨어뜨린 그 때 그 시간이.

정미혜
2006년 부산아동문학 신인상 등단
2018년 부산아동문학상 수상
동시집 『내 몸속의 시계』, 『꼴뚜기의 의리』, 『물음표가 팔딱!』
부산아동문학인협회 이사, 한국동시문학회 회원, 초등학교 교장 재직

● 정재분

담쟁이 외 1편

낮에는
바위의 모자가 되어
뜨거운 햇볕 가려주고

밤에는
감기 걸릴까
덮어주며

바위와 함께
가족이 된
담쟁이

수레바퀴

야윈 몸이지만
축을 향해 힘을 모으는
여러 개의 살대

살대의 힘을 받은
동그란 축
쉼 없이 굴러가는데

멈추지 않고
나아 갈 수 있는
그 힘

바로
서로 도와
함께 가기 때문이다

정재분
2000년 《한맥문학》 동시 등단
전영택문학상, 부산문학상 대상, 최계락문학상 등 수상
동시집 『꽃잎의 생각』 외 5권
부산문인협회 아동분과위원장, 부산여성문학인협회 문화교육원장, 금정
구문화예술인협의회 회장

● 조윤주

무얼 먹을까 외 1편

힘든 일
어려운 일
마주칠 때

두려워하지 말고
포기하지 말고

눈 딱 감고
한 번 먹어봐.

맛과 향, 모양을
알 수 없고
먹기가 쉽지 않지만

일단 먹고 나면
마법처럼 강해지는
바로 그것

단단한 마음.

아침 바다

"저기 있다!"

갈매기가 소리치며
날아가는 쪽으로

파도가 남실남실
가지러 간다.

수평선 위에
붉게 떠오른

저물녘
잃어버린 공

조윤주
2009 《부산일보》 신춘문예 동시 등단
2018 한새문학상, 2024 부산아동문학상 수상
동시집 『시간을 담는 병』, 『하늘이 커졌다』

그런데 곰은? 외 1편

으아아악!

낭떠러지에서
떨어지는 꿈을 꿀 때마다
아침이 나를 깨워요.

그때마다
깜짝 놀란 내 마음이
덜컥도 아니고 덜컥컥 내려앉아요.

그런데 곰은
매일매일 아침이 와도
겨우내 잠자는 곰은

크아아아아아아아아아아앙!

끝나지 않는 낭떠러지에서
계속 떨어지는 것은 아닐까요?

마음이 덜컥컥컥컥컥컥컥
내려앉는 것은 아닐까요?

아침처럼 봄이 찾아올 때까지.

재주 많은 똥꼬쟁이들

내가 황당했던 동화는
황금알을 낳는 거위 얘기야.

똥꼬로 황금알을 낳다니
이런 새빨간 거짓말

의젓한 나를
세 살 먹은 어린애로 아는 거냐고?

그런데 오늘 아침에
뭘 본 줄 아니?

글쎄 거미 녀석이
똥꼬로 비단 옷감을 짜는 거야.

헐, 정말
재주 많은 똥꼬쟁이들이야.

똥꼬로 비단 옷감을 짜는데
황금알인들 못 낳겠어.

그러고 보니 아빠도 있네.

뿡빵-뿡빵!

툭하면 내 코를 못살게 구는
가죽피리 연주자.

차승호
2004년 《현대시학》에 작품 발표, 2018년 《푸른 동시놀이터》 동시 등단
2020년 《전북일보》 신춘문예 동화 당선
시집 『난장』 외, 동화집 『도깨비 창고』, 동시집 『안녕, 피노키오』

● 차영미

마음에 담아가기 외 1편

하늘,
양떼구름,
강물,

이곳저곳
다 찍고 싶은데

갈대숲 개개비 둥지에
뽀얀 알
하나, 둘, 셋, 넷, 다섯 개

아니, 아니
오늘은
찰칵 대신

멀리서
가만히
마음에 담아가기

미나리

뿌리만 남은
미나리
창가에 두었더니

하루하루
연초록
새순이 뾰조록이

향기로운
풀빛 엽서
보는 이가 그윽하네.

차영미
2001년 《아동문학평론》 등단
이주홍문학상, 최계락문학상, 열린아동문학상 수상
동시집 『학교에 간 바람』, 『막대기는 생각했지』, 『으라차차 손수레』, 『모
험을 떠나는 단추로부터』, 역사인물동화집 『어진 선비 이언적을 찾아서』

남새밭에서 외 1편

아침에 남새밭에
어젯밤 내린 눈이
다 녹아 없어지면

남새밭에서
봄상추 뽑아와서

점심은
봄상추 비빔해서
우리 같이 먹자
순이야

백목련 꽃을 보면

화단에 하얗게 핀
백목련 꽃을 보면

큰 누나 결혼식 날
하얀 드레스 입고

백목련 꽃처럼 하얗게 핀
큰 누나 그립다

친정집 봄 화단에
백목련 필 때 되면

백목련 꽃 보고싶어
친정에 다녀 오고싶은
마음이 백목련처럼
하얗게
날거야

최만조
1977년 동시 《아동문예》 동시 등단, 2005년 《부산시조》 시조 추천
부산문학상, 한국동시문학상, 부산아동문학상, 영남아동문학상, 오륙도문
학상, 색동문화상 수상
동시집 『을숙도 아이들』, 『봄비의 마음』, 『고향에 핀 진달래』 외

5월의 풍경 외 1편

어제 핀 벚꽃들이
늦잠 잤던지

하랄랄라!

실눈 뜨고
하품을 한다.

그 소리에
모두모두
입술에 손을 대고
따라 하니

하품 노래 바람에 날아
하얗게
하얗게
하늘을 꽃 피운다.

아름다운
5월의 풍경

따스한 햇살에
나른해진 몸을 깨우며
크고 있는 중이다.

부산 불꽃 축제

광안리 바닷가에
불꽃 축제 열리는 날
물고기들
고개 내밀어 구경한다.

쾅쾅!
터지는 불꽃

깜짝 놀라
가슴이 커졌다가
작아졌다가

드디어
음악에 맞춰 꼬리를 흔들며
춤을 춘다.

저별은 내 가슴에
저별은 네 가슴에

별꽃 축제가 되어버린
광안리 불꽃 축제
물고기들이 꿈을 키우며
머리에 별꽃을 단다.

빠잔짝 빠잔짝!

최복자
1999년《국제신문》신춘문예 가작 당선
동시집『들국화』,『초작초작 소리도 곱다』
청술레 동인, 글누리작은도서관 운영

● 하빈

노란향기 외 1편

올해는 베란다 분재의 모과나무에도
창밖 화단의 모과나무에도
서로 닮은 모과가 열렸어요.

저렇게 마주보려고
베란다 모과나무는 느릿느릿
화단의 모과나무는 쑥– 쑥–
자랐나 봐요.

휠체어를 탄 나와
눈을 맞출 때는
엄마는 언제나 무릎걸음

엄마와 내가 모과처럼
마주보고 웃으면
집안 가득 번지는
노란향기

그림자

빛은
나를 통과한다고
힘들었나 봐요.

내 밑에 누웠어요.
검게 변해서

엄마, 아빠는
그림자 같아요.

신혼 때 사진보면
엄마, 아빠도
햇빛처럼 참 눈부셨는데

그 빛은
나와 동생에 다 비추고
결국 그림자가 되어
누워 있지 싶어요.

하빈
2004년《문학세계》수필, 2011년《아동문예》동시 등단
대한민국장애인문학상 운문부 대상 등 총 7회 공모전 수상
동시집『수업 끝』, 『진짜수업』, 『바다수업』외
포장디자인 <현민사> 운영

동심의 정신, 동시의 표현

박일

1.

동시가 대세인 듯하다. 동시전문지 격월간 『동시마중』(2010. 5/6 창간), 계간 『동시먹는 달팽이』(2018. 봄 창간)와 『동시발전소』(2019. 봄 창간)가 동시 발표 지면을 넓혔으니까.

부산아동문학인협회에 등록된 회원수는 147명(2024. 8. 16 현재)이다. 그중 동화작가가 100명이다. 동화가 동시보다 두 배 이상 많아졌다. 다음카페가 개설된 2006년 당시의 회원수는 117명이었는데. 동화작가가 61명(약 52%)이었다. 20년 가까이 지나오면서 동화작가는 40명 가량 늘었다. 동시 발표 지면이 늘었음에도 '동화쏠림' 현상이 나타나고 있는 것은 무엇 때문인가? 아마 독서와 출판 시장의 기반이 탄탄하기 때문일 게다.

회원수가 늘어나면서 2023년부터 연간집도 두 권으로 늘어났다. 박선미 회장의 발간사 일부를 옮긴다.

"회원 수가 늘어감에 따라 연간집의 새로운 방향을 모색하던 차에 동시 · 동화 장르에 따라 연간집을 두 권으로 만드는 일을 기획하고 추진했습니다. 이는 새로운 도전이자 우리 협회의 위상을 널리 알리는 계기가 되리라 생각합니다."라고 하면서 "협회는 앞으로도 아동문학의 사회적 역할에 대해 고민하고 회원들이 어린이와 어린이의 마음을 지닌 성인 독자들을 아우르는 훌륭한 작품을 창작할 수 있는 디딤돌이 되고자 노력하겠습니다."라고.

　아동문학은 동심 세계와 동심의 가치를 일깨우고자 창작한다. 그런데 동시라는 운문문학과 동화라는 산문문학을 포괄하고 있으니, '아동문학가'라는 명칭은 이 장르를 모두 섭렵한 분이라는 의미를 담고 있지 않은가.

　김재원은 동시로 등단하여 동화작가로 활동하고 있고, 공재동은 장편동화『소년유격대』를 발간했고, 강현호는 동화로 신춘문예를 뚫었다. 동화작가 강경숙, 박진희는 동시집을 발간했고, 김문홍, 손수자, 김영호, 이순영, 박혜자 등은 틈틈이 동시를 발표하고 있으며, 김자미, 전자윤 등은 동시와 함께 개성이 강한 동화를 발표하고 있다. 이런 넘나듦이 아동문학이 퓨전문학으로 더 성숙할 수 있는 계기가 되리라.

　아동문학의 주제는 동심이다. 동시라는 그릇에 오롯이 담긴 동심의 정신을 읽는다.

　2.

　동심은 시적인 것의 본질이다. 진정한 인간의 모습이 동심이기 때문에 문학은 이를 찾기 위한 노력을 계속하고 있다. 사회화 과정에서 잃어버린 그

동심을…….

동시를 읽으며, 동심을 발견한다. 동심이 이쯤은 돼야 동시일 수 있겠다는 생각이 든다.

텃밭에
옥수수를 키웠다.

옥수수가 열렸다.

엄마는 옥수수나무가
아기를 업고 있다고 했다.

그 아기는
수염이 나 있었다.

— 김종완 「내가 웃는 이유」 전문

옥수수를 키운다. 옥수수가 열린다. 엄마가 말한다. 옥수수가 아기를 업고 있다고. 그런데 내가 웃을 수밖에 없다. 수염이 나 있는 아기가 있는가. 이처럼 철없는 아이의 말 같지만 그 속에 동심의 진실이 숨어 있지 않은가.

19C 영국 낭만주의 시인 새뮤얼 코울리지는 산문이란 언어를 가장 좋은 방법으로 배열해놓은 것이고, 시란 가장 좋은 언어를 가장 좋은 방법으로 배열해놓은 것이라고 말한 바 있다. 그처럼 동시인들은 가장 좋은 동심의 언어를 가장 좋은 방법으로 배열하고 있는 분이다. 그런데 작품 모두를 소

개할 수 없는 이 곤혹을 어찌해야 할지.

강현호는 「모과」에서 못나도 엄마 눈에는 제 자식이 제일이라는 사랑을, 공재동의 「모래시계」는 "모래알 같은/짧은 순간이지만//나는 당신을 위한/소중한 시간"이 될 거라 했고, 구옥순의 「무화과」는 "열매 속은/온통 꽃밭이다//꽃이란 꽃은 몽땅/열매에게 다 줘버린/무화과나무"라고 하면서 울엄마를 닮았다고 했고, 김성애는 외롭게 뜬 별을 보며 "맑은 공기 속에서/고운 노래 부르는 새들과/예쁜 꽃이 웃고 있는/촌으로 가버렸니" 하면서 별들의 「귀촌」을, 김승태는 아침에 폈다가 저녁에 오므리는 「튤립」은 벌과 나비들에게 햇살밥을 나눠주는 오목한 밥그릇이었고, 김정순은 「잡초라고 부르지 않을 게」에서 저마다 이름이 있는데 이름을 불러주어야 한다는 호명의 중요성을, 김춘남의 「무지개 꽃피는 아침」은 아침 유리창이 꿈빛깔로 물들면서 "무지개꽃 향기가/행복을 전해"주고 있었고, 문득이는 「담쟁이」처럼 구멍난 내 양말을 "할머니가 돋보기 쓰고/한땀 한땀/꿰매"는 할머니에게서 사랑과 정성을, 선용은 용케 자리 잡은 「틈」은 발아하면서 비좁고 위험해도, "그렇게 포근한 집/어디에도 없어/한 걸음 떠나지 않고" 행복하게 살고 있다면서 가족의 사랑과 집의 소중함을, 이둘자의 「동백나무 식탁」은 "반짝이는 잎사귀 식탁보 위에/차려진 밥상"인데 아기 동박새의 식탁이었고, 전자윤은 친구의 진정한 의미를 「먼나무」에서 찾는다. 먼나무는 5~6월에 연한 자줏빛 꽃이 피고 가을에 붉은 열매가 열리는데, 이때만 찾아오는 새들을 친구라고 할 수 있을까 하고, 정갑숙의 「선물」은 자연의 섭리다. 어둠이 내리면 "산이 나무를 안아주고/나무가 새를 안아"주고, 아침이 되면 "해가 풀꽃을 깨워주고/풀꽃이 풀벌레를 깨워"주니까. 정재분은 낮에는 바위의 모자가 되고, 밤에는 바위의 이불이 되어주는 「담쟁이」에서 사랑을, 차영미는 개개비 둥지에서 알 다섯 개를 발견하고 「마음에 담아가기」할 수밖에 없는 상황에서 시인의 따스한 마음을, 최만조는 「남새밭에서」봄상추 뽑아 와서 비빔밥해서 같이 먹자고 순이를 조르는 추억의 시간을 소환한다. 최복자의 「오월의 풍경」은 어제 핀 벚꽃들이 늦잠을 잤나 보다. "하품 노래 바람에 날아/ 하얗게/ 하얗게/ 하늘을 꽃 피운다."라고 벚꽃을 노래했고, 하빈의 「모과」는 "엄마와 내가 모과처럼/마주보고 웃으면/집안 가득 번지는/노란향기"라고 하면서 모과에서 향기 나는 가족과 동심 세상을 그려냈다.

서정시란 시인의 생각과 감정을 표현한 문학이지만, 개인적인 체험에 의해서 쓰여진다. 하지만 체험했다고 모두 시가 되는 것은 아니다. 아무리 아름다운 동심의 소재라고 해도 시인의 미적 의식에서 문학으로 재구성하지 않으면 안 된다. 새롭게 발견된 소재들을 새로운 시어로 직조하면서 감동으로 승화되어야 하니까.

동시도 체험이 바탕이 되면 좋겠다. 그 체험이 아이들의 눈높이에 맞을 때 훨씬 공감력이 강해질 수 있으니까. 자칫 동심 위주의 동시들은 관념만으로 만들어 질 수 있기 때문이다.

집에서
학교에서
학원에서
수없이 깎아 쓸 동안

연필이

내 손가락에

만들어 놓은 옹이

— 김진숙 「공부 증명서」 전문

손가락에 옹이가 생긴다. 그런가 보다 하고 넘길 수 있다. 그러나 그게 내 학업의 결과라고 생각하니까 「공부 증명서」가 되는 것이다. 이처럼 동시도 아이들의 체험이 실리니까 생동감이 느껴지지 않은가.

김송필의 「할머니와 포경선」은 고래 잡으러 나간 아빠를 할머니가 기다리는 내용이다. 할머니의 말씀과 행동을 아이는 관찰자 입장에서 서사적으로 서술하고 있다. 김자미의 「별」은 "아장아장/걸어 다니는 별/넌 어디서 왔니?" 하면서 손주를 건사하면서 느낀 사랑의 마음을 별에 비유하여 담아냈고, 박민애의 「분리」는 아이들이 흔히 소외될 때의 심리 묘사다. 학부모 모임 등에 참석하고 돌아온 엄마가 다른 아이들과 비교하면서 털어놓는 말투 등이 기를 죽이기도 한다. 박선미의 「큰일났다」는 아빠가 이를 악물고 공부하라고 했는데, 호박엿을 먹다가 어금니가 빠져버렸으니 "어금니가/내 결심을 배신"하지 않았는가. 정말 큰일 났다. 박일의 「수박귀신」은 꿀맛 같은 수박맛에 홀려서 혼자서 냠냠해버린 손주의 이야기다. 오선자의 「두근두근 칙칙폭폭」은 재미도 있다. 떨어져 사는 할머니와 손주가 서로 보고파하는 마음을 "두근두근 칙칙폭폭"으로 절묘하게 형상화했다. 오원량은 「지하철역에서」 빈자리 하나를 발견하고 노약자를 찾는다. 그 순간 어떤 누나가 앉아버린다. 잠시 난감해지지만 "하마 같은 누나도/많이 허약한가 봐." 하면서 자위하는 모습이 얼마나 귀여운가. 이명희의 「금메달」은 고기잡이 나갔다 돌아온 아빠의 퉁퉁 불은 발이 우리 집의 금메달이라고 자랑한다. 임은자의 「밀림의 왕」은 흔히 겪는 아이들의 이야기다. 개학이 코앞인데 밀린 숙제를 어쩐담? "안되겠다/ㄹㅁ을 버려"면서 미리 준비하자고 하지만 "밀림의 왕"이 되어버린 걸 어쩐담! 정미혜의 「지구와 달」은 절친인 준이와 나의 이야기만은 아니다. 잘 지내다가 멀어지기도 하지만 결국 친구의 자리로 돌아오지 않는가. "지구와 달"처럼 지내는 친구들이 많아졌으면 좋겠다. 조윤주의 「무얼 먹을까」는 처음 시작할 때 두려움이 생겨서 "맛과 향, 모양을/알 수 없고/먹기가 쉽지 않지만//일단 먹고 나면/마법처럼 강해지는/바로 그 것"이 "단단한 마음"이라고 일러준다. 차승호의 「그런데 곰은」은 자라는 아이들의 이야기다. 떨어지는 꿈을 꾸면서 마음이 내려앉기도 하는데, 겨울 잠을 자는 곰은 계속 낭떠러지에 떨어지는 꿈을 꾸면서 떨어지고 있을 텐데 걱정이 앞선다.

독특한 소재로 동시의 격을 한층 높인 작품도 몇 편 있었다. 이는 신비성이 있어 호기심과 탐구심을 자극하고 배양하는 구실을 다하리라 믿는다.

> 똥을 퍼부어 머리를 만든 게냐!
> 할머니 욕은 웃음 터져요 귀한 밥
> 먹고 똥 같은 생각이나 한다는 거죠
> 그런데요 할머니, 똥으로 만든 나라가
> 있대요 어휴 진짜라니까요 태평양에 있는
> 섬나라 나우루는 새가 눈 똥이 산호초에
> 쌓이고 쌓이고 또 쌓여 된 나라래요
> 그뿐일까요? 시간이 흐르고 흘러 새똥이

인광석으로 변했다는데요 그게 전 세계가

탐내는 귀한 자원이라니 할 말 다 했죠

처음엔 똥이었지만 똥 아닌 것이 된 거죠

나우루는 모두가 부러워하는 부자 나라가 됐어요

그러니까 지금은 시시해도 나중에 뭐가 될지

아무도 몰라요 할머니도 그러셨잖아요

어느 구름에 비 든 줄 모르는 거라고

— 강경숙 「똥 아닌 것이 되는 똥」 전문

    똥은 오물이다. 그런데 이 똥이 섬나라 나우루를 살린 자원이라니 얼마
나 신기한가? 그것도 전 세계가 탐내는 자원이 되었단다. 나우루 등 작은
나라와 자원에 대한 탐구심을 자극하는 계기가 될 수 있으리라.

    강기화의 「원시인」은 상상력으로 그 시대까지 회귀하면서, 죽음 앞에서
도 함께 모여 노래하고 춤춘 시인을 보았다. 상상력의 힘이 얼마나 위대한
가를 보여준다. '아름다운 것은 엉뚱한 곳에 있다'는 보들레르의 말이 크게
들린다.

    랄라의 「머리 vs 대가리」는 우화다. 흔히 쓰는 언어는 언중의 습관일 뿐
이지만, 시인은 그 속에서 기특하게도 같은 의미의 다른 언어를 찾아낸다.
우리말에 대한 관심이나 연구를 하게 하는 계기를 줄 수 있으리라.

3.

하얀말은 까만말이
까만말이라서 좋아

까만말은 하얀말이
하얀말이라서 좋아

둘이 꼭 안고
회색말이 될 수도 있었지만

줄무늬 멋진
얼룩말이 되었대

— 강기화 「멋진 하나」 전문

제44회(2022) 부산아동문학상 동시부문 수상작이다. 검정과 흰색이 혼합하면 회색이다. '회색분자'란 노선이 뚜렷하지 않은 사람이다. 그러나 얼룩말은 저마다 '줄무늬 멋진' 선명한 색깔을 가지고 있다. 회색으로 동화되지 않고, 줄무늬처럼 개성과 자존감을 살리고 있다는 것이다. 어쩌면 부산아동문학은 저마다 줄무늬 멋진 활동으로 '멋진 하나'가 되고 있지 않은가.

반세기를 지나는 동안 부산아동문학은 부단히 발전했다. 내면화 과정을 거치고, 협회 활동과 개인의 창작 활동이 다양화되면서, 문학적 업적이 무성해지고 있다.

부산아동문학은 줄무늬 멋진, 「멋진 하나」를 이루고 있다는 것이다. 또한 위계질서가 딱 잡혀 있으니 선후배 간의 우애가 절로 솟아나고, 개인 창작 활동도 빛나지 않은가.

그러나 동시문학은 제대로 가고 있는가? 동심을 앞세워 어른의 감성이나 추억에 젖으면서, 일반시 같이 난해해지고 있는가 하면, 동시 특유의 리듬의 아름다움, 짧고 쉬움, 재미와 재치 등, 아이들 웃음 같은 참신한 매력도 잃어가고 있는 것은 아닌가. 그나마 부산의 동시는 개성 있는 동시로써 동심의 정서를 잘 담고 있어 안심이 된다.

요즘 출산 장려를 위해 내건 구호가 '우리 아이, 우리 미래'다. 아동문학도 '우리 아이 우리 미래'를 위해 존재하는 것은 아닌가.

테레사 수녀는 '사랑보다 더 큰 힘은 없다'라고 했던가. 동시로 하트 뽕뽕 큰 힘을 보내고 있다.

박일
1979년 《아동문예》 동시 등단, 제7회 계몽아동문학상 동시 당선
한국아동문학상, 이주홍문학상, 부산광역시문화상 등 수상
동시집 『할아버지 어린 날』 외, 평론집 『동심의 풍경』 외
현, '아름다운동시교실' 운영.

부산아동문학인협회의 발자취

1972. 3.	부산아동문학회 창립
	회장 : 박돈목. 총무 : 선용. 정진채, 김종목(김향), 주성호 등이 참여
1973. 2. 10.	부산아동문학회 재발족
	회장 : 정진채. 고문 : 이주홍, 조유로. 심군식, 김상련, 공재동, 안수휘,
	김용석, 박원돈, 이금옥, 황하주, 최향숙 등이 합류하여 명실상부 지역
	아동문학가들의 통합으로 출발함
1973. 5.	제1회 부산 어린이 글잔치 개최(74, 75년 봄·가을 연간 2회 실시)
1973. 9. 10.	회지 창간호『부산아동문학』출간(제자 : 이주홍, 표지화 : 조유로)
1974. 2.	『부산아동문학』제2집 발간
1976. 7. 20.	회지 제3집『모래성』발간, 회장 : 심군식
1977. 9. 16.	부산아동문학가협회 창립 총회. 기존의 부산아동문학회와 새로 창립
	한 부산아동문학가 협회로 양분됨
1979. 7. 17.	부산아동문학작가상(현, 부산아동문학상) 제정
	제1회 수상자 - 선용
1977~1982	부산아동문학가협회의 활동이 활발함
	회보 21호까지 발간, 회지『하얀 뱃고동』,『꿈꾸는 섬』등 발간, 부정
	기 간행물《문학소년》출간
1981. 5.	해강아동문학상 제정, 제1회 수상자 - 정영태
1981. 10.	이주홍아동문학상 제정, 제1회 수상자 - 박홍근
	부산수산대학교에서 시상식 개최함
1984. 9.	향파 이주홍 대한민국문학상을 수상함. 온천장에서 개최한 축하연에
	안수휘, 김상남을 비롯한 양 단체 회원들이 자리를 함께 하였고, 통합
	에 대한 의견들이 구체적으로 이루어짐. 회 명칭은 〈부산아동문학협
	회〉로 하고 이주홍을 회장으로 추대함
1984. 12. 22.	〈부산아동문학협회〉총회 및 연간집『무지개 뜨는 바다』출판 기념회
	개최(카톨릭회관)
1985. 3.	통합 창립 소식을 전하는 회보 제1호 발간
1987. 1.	이주홍 전 회장 별세
1987. 2.	임원 재선출
	회장 : 안수휘. 부회장 : 김상남, 강현호. 상임이사 : 민홍우
1989. 1.	정기총회 개최. 회장 강현호 선출
1993	정기총회에서 〈부산아동문학인협회〉로 회 명칭 변경
2004. 12.	정기총회 개최. 회장 선용, 사무국장 김인봉 선출
2006. 12.	정기총회 개최. 회장 김문홍, 사무국장 한정기 선출
2009. 12.	정기총회 개최. 회장 소민호, 사무국장 김승태 선출
2012. 2.	남부교육지원청과 재능기부 협약체결 〈토요동시교실〉운영
2012. 12.	정기총회 개최. 회장 손수자, 사무국장 김춘남 선출
2013. 5.	어린이회관 동시 동화의 길 전시
2013. 5.	부산아동문학 페스티벌

2013. 5.	찾아가는 아동문학 교실
2013. 10.	가을문학기행(창원 이원수문학관, 고성 동시 동화 나무의 숲)
2014. 5.	어린이회관 동시 동화의 길 전시
2014. 10.	가을체육대회
2014. 12.	정기총회 개최. 회장 김영호, 사무국장 김나월 선출
2015. 5.	부산아동문학 페스티벌, 어린이회관 동시 동화의 길 전시
2015. 10.	가을문학기행(삼국유사의 고장 군위)
2015. 4.~2016. 1.	기장빛물꿈문화학교 〈동화작가와 함께하는 문학교실〉 운영(부산시교육청 주관, 기장군청 후원)
2016. 10.	가을독서문화축제 참여
2016. 10.	가을문학기행(창녕 우포늪 일대)
2016. 12.	정기총회 개최. 회장 구옥순, 사무국장 이자경 선출
2017. 5.	부산아동문학 페스티벌, 어린이회관 동시 동화의 길 전시
2017. 9.	가을독서문화축제 참여
2017. 10.	가을문학기행(청도)
2018. 5.	부산아동문학 페스티벌, 어린이회관 동시 동화의 길 전시
2018. 9.	가을독서문화축제 참여
2018. 10.	가을문학기행(경주)
2018. 12.	정기총회 개최. 회장 한정기, 사무국장 한아 선출
2019. 5.	부산아동문학 페스티벌, 어린이회관 동시 동화의 길 전시
2019. 10.	가을문학기행(하동)
2019. 11.	동동동 book을 울려라(감만창의촌)
2020. 9.~12.	작가와 함께하는 행복한 북토크(부산시교육청 사업)
2020. 12.	정기총회 개최. 회장 김승태, 사무국장 양경화 선출
2021. 5.~12.	작가와 함께하는 행복한 북토크(부산시교육청 사업)
2021. 9.	창비 부산 〈부산작가의 서재〉 전시
2022. 10.	가을문학기행(포항 및 독락당)
2022. 12.	정기총회 개최. 회장 박선미, 사무국장 강기화 선출
2023. 3.	이주홍 선생님과 함께하는 봄맞이 걷기대회
2023. 4.~11.	부산교육청 연계 〈작가와 함께하는 행복한 글쓰기〉 운영
2023. 4.~11.	부산북부교육지원청 연계 〈학교로 찾아가는 사람책 도서관〉 운영
2023. 5.	부산아동문학 페스티벌
2023. 6.	제52회 어린이 글잔치 시상식
	제45회 부산아동문학상 및 제26회 부산아동문학신인상 시상식
2023. 10.	가을문학기행(경주 및 독락당)
2023. 11.	찾아가는 동시 동화 이야기(사회복지법인 우리집원)
2023. 12.	정기 총회 개최. 우수작품선집 『여름 놀이터』, 『고라니 엄마』 발간
2024. 3.	이주홍 선생님과 함께하는 봄맞이 걷기대회
2024. 4.~11.	부산교육청 연계 〈작가와 함께하는 행복한 글쓰기〉 운영

2024. 4.~11.	부산북부교육지원청 연계 〈학교로 찾아가는 사람책 도서관〉 운영
2024. 5.~10.	부산교육청 연계 〈지역 연계 책 쓰기 동아리〉 운영
2024. 5.	부산아동문학 페스티벌
2024. 6.	제53회 어린이 글잔치 시상식
	제46회 부산아동문학상 및 제 27회 부산아동문학신인상 시상식
2024. 9.	부산시 '제15회 가을독서문화축제' 참여 부산아동문학인협회 도서 전시전
2024. 10.	가을문학기행(통영)
2024. 11.	찾아가는 동시 동화 이야기(사회복지법인 우리집원)

※『부산아동문학사』(부산문인협회 1997. 12 소문출판사 p.318 부산아동문학사) 참조

통합 단체 후 회장 명단

1984 이주홍	1993 공재동	2003 주성호	2015 김영호
1987 안수휘	1995 김상남	2005 선 용	2017 구옥순
1989 강현호	1997 박지현	2007 김문홍	2019 한정기
1991 최만조	1999 강구중	2010 소민호	2021 김승태
1992 민홍우	2001 박 일	2013 손수자	2023 박선미

통합 단체 후 연간집 발간

1984년 무지개 뜨는 바다
1986년 꿈이 피는 바다
1987년 해가 사는 바다
1989년 별이 내리는 바다
1990년 은빛 흐르는 바다
1991년 꿈이 자라는 바다
1994년 동백섬 아기 바람
1995년 바닷속 작은 마을
1996년 바다를 담은 풍선
1997년 바다와 해바라기
1998년 반딧불이 사는 바다
1999년 꿈이 열리는 바다
2000년 바다로 소풍가는 우주선
2001년 해를 삼킨 아이
2002년 걸어 다니는 바다
2003년 바다 일기
2004년 햇살 내리는 바다
2005년 독도가 떠 있는 바다
2006년 바다라는 책

2007년 을숙도 아침
2008년 숨은그림찾기
2009년 교실 안 풍경
2010년 바다 속 풍경
2011년 인어공주와 고래아저씨
2012년 반달이 속으로 들어간 달님
2013년 무지개를 풀어라
2014년 빗방울의 덧셈
2015년 봄을 파는 가게, 그 후 이야기
2016년 빨간 신호등
2017년 별이 열리는 나무
2018년 사거리 팬시점
2019년 하늘 깨뜨리기
2020년 털머위꽃
2021년 모험을 떠나는 단추
2022년 약속 보관소
2023년 여름 놀이터 / 고라니 엄마
2024년 수박귀신 / 생각을 훔쳐보고 있다

역대 부산아동문학상 수상자

제 1 회 1979년 선 용
제 2 회 1980년 안수휘
제 3 회 1981년 김용석
제 4 회 1982년 노금섭 · 민홍우
제 5 회 1983년 박지현
제 6 회 1984년 강현호
제 7 회 1985년 최만조
제 8 회 1986년 윤옥자
제 9 회 1987년 최향숙
제10회 1988년 주성호
제11회 1989년 최영희
제12회 1990년 이국재 · 곽종분
제13회 1991년 최장길 · 이금옥
제14회 1992년 김종완 · 배홍태
제15회 1993년 손수자 · 성성모
제16회 1994년 박안숙
제17회 1995년 배소현
제18회 1996년 강구중
제19회 1997년 서하원
제20회 1998년 배혜경
제21회 1999년 이상문
제22회 2000년 류석환
제23회 2001년 오정임 · 오선자

제24회 2002년 소민호
제25회 2003년 김종순
제26회 2004년 손월향
제27회 2005년 구 용
제28회 2006년 김승태 · 김인봉
제29회 2007년 한정기
제30회 2008년 김상곤
제31회 2009년 윤동기
제32회 2010년 최경희
제33회 2011년 구옥순
제34회 2012년 허명남
제35회 2013년 정갑숙
제36회 2014년 김춘남
제37회 2015년 양경화
제38회 2016년 안덕자
제39회 2017년 김영호 · 김자미
제40회 2018년 최미혜 · 정미혜
제41회 2019년 신주선 · 김정순
제42회 2020년 안미란
제43회 2021년 이자경 · 박선미
제44회 2022년 한 아 · 강기화
제45회 2023년 최혜진 · 하 빈
제46회 2024년 이상미 · 조윤주

제28회 <부산아동문학신인상> 작품 모집

부산아동문학인협회에서는 역량 있고 참신한 신인의 발굴을 위해
<부산아동문학신인상>을 제정하여 시상하고 있습니다.
관심 있는 분의 많은 응모 바랍니다.

1. 응모부문 및 분량

동시 5편 이상
동화(소년소설) 2편 이상(200자 원고지 30장 내외)

2. 모집기간 및 발표

기간 : 2025. 4. 1. ~ 4. 30.

발표 : 부산아동문학인협회 카페 및 개별통보함

3. 대상

부산 및 인근 지역 거주자

4. 원고 접수

온라인 접수 (2025년 3월 중 온라인 주소 안내)

5.심사 방법 및 규정

─심사위원은 부산아동문학인협회 사무국에서 위촉함
─당선자는 상패와 상금을 수여하고 기성작가로 우대함

6. 유의사항

─신인으로서 발표하지 않은 순수 창작품일 것
─표절 확인시 수상 취소함

부산아동문학인협회